大雅

为一种品格注脚

拜德雅
Paideia
文学·异托邦

爱情发明家

［法］盖拉西姆·卢卡（Ghérasim Luca）｜著

尉光吉｜译

广西人民出版社

目　录

- 译者序 -

盖拉西姆·卢卡(Ghérasim Luca), 本名萨尔曼·洛克尔(Salman Locker), 1913 年 7 月 23 日出生于罗马尼亚布加勒斯特的一个自由派犹太家庭。受益于布加勒斯特独特的文化氛围, 卢卡不仅会说意第绪语和罗马尼亚语, 还学会了德语和法语。他早年阅读了大量德国哲学著作, 并熟知精神分析理论。

1930 年代, 在好友多尔菲·特罗斯特(Dolfi Trost)的启发下, 卢卡开始接触欧洲兴盛的超现实主义运动。到了 1930 年代末期, 如同他的同胞和先驱特里斯唐·查拉(Tristan Tzara), 卢卡把注意力投向了巴黎的超现实主义团体：1938 年，他多次前往巴黎，与法国超现实主义者相识。不久，战争爆发，卢卡不得不返回罗马尼亚，而官方的反犹主义又迫使他在国内流亡。在罗马尼亚独立后的短暂几年里，卢卡连同多尔菲·特罗斯特、维克多·布劳纳（Victor Brauner）、格鲁·纳姆（Gellu Naum）、保尔·帕乌（Paul Păun）、维吉尔·特奥多雷斯库（Virgil Teodorescu）诸位好友一起着手建立罗马尼亚超现实主义团体，并提出了他的“非俄狄浦斯”思想。他曾起草了一份《非俄狄浦斯宣言》（Manifeste non-œdipien），但文稿未能保留下来。1945 年，他与特罗斯特一起撰写了团体的超自动主义宣言《辩证的辩证》（Dialectique de la dialectique），作为向巴黎超现实主义传递的讯息。同年，卢卡的罗马尼亚语散文诗集《一匹透过放大镜看到的狼》（*Un lup văzut printr-o lupă*）和《爱情发明家》（*Inventatorul Iubirii*），以及用法语写成的《被动吸血鬼》（*Le Vampire passif*）均在布鲁塞尔出版。正是从这一时期开始，卢卡有意地同他的母语决裂，转向了法语写作。

1952 年，受政治环境所迫，卢卡离开罗马尼亚，定居法国，继续其诗歌和艺术创作。在巴黎期间，他与艺术家让·阿尔普（Jean Arp）、马克斯·恩斯特（Max Ernst）和诗人保罗·策兰（Paul Celan）等交往密切。他的“非俄狄浦斯”思想还引起了法国哲学家吉尔·德勒兹（Gilles Deleuze）和菲利克斯·加塔利（Félix Guattari）的兴趣。移居法国之后，卢卡进一步发展了其名为“库伯马尼亚”（cubomanie）的拼贴艺术，而他的诗歌继承了之前超现实主义“发明一切”的精神，在生命与死亡、思想与身体、爱情与世界的复杂关系里，致力于探索一种全新的语言表达，其延绵不绝的语音魔法形成了一种独特的“结巴”风格，颇受德勒兹的赏识，后者称赞他为“最伟大的诗人之一”。尽管 1960 年代起，卢卡多次参加欧美诗歌节并赢得了不少国际声誉，甚至在 1988 年参与录制了拉乌尔·桑格拉（Raoul Sangla）导演的电视朗诵节目，但他的生活始终贫困，晚年更因身份问题屡次被逐出住所，这加剧了他内心的悲观态度。1994 年 2 月 9 日，就像二十四年前好友策兰所做的那样，卢卡纵身跃下米拉波桥，跳入塞纳河，结束了自己的生命。

《爱情发明家》是卢卡的代表作，共有两个版本。在最初罗马尼亚语的《爱情发明家》出版五十年后，卢卡亲自将其转写为法语，并在删减的基础上，把原先的散文诗体改成了诗体，从而以更加诗意和精练的形式，抒发其内心一直未忘的超现实主义激情。本书便译自法文版的《爱情发明家》(*L'Inventeur de l'amour*)。作品共包括两个部分，"爱情发明家"和"死亡的死亡"，分别指向了超现实主义的两个基本话题："爱情"和"死亡"。"爱情发明家"的概念无疑借用自法国诗人兰波的名言："爱情必须被重新发明。"但卢卡赋予了爱情的发明一种更为激进的革命意义，他从弗洛伊德的精神分析理论出发，要求突破人类与生俱来的俄狄浦斯情结，实现真正自由的爱情，也就是真正自由的生命。正如卢卡在 1947 年的书信里说的，《爱情发明家》是"一个用爱情来实现彻底解放的理论与实践计划的纲领"，它让"爱情第一次自由地遭遇了革命”。而“死亡的死亡”进一步阐发了卢卡眼中非俄狄浦斯爱情的颠覆力量，试图用它来克服自由的终极障碍，也就是死亡所代表的“普遍绝对的瘫痪”。为此，卢卡记录了一次次虚拟的死亡实验，在极致的精神磨炼中发起他追求的“辩证跳跃”，开辟一条尚未有人踏足、直达非俄狄浦斯宇宙的通道，无畏地走向人类解放的未知命途。所以，《爱情发明家》不只是爱与死的发明，更是全新的生命形态的诞生，是前所未有的外部世界的创造。在此意义上，卢卡的 1945 年，作为真正的发明之年、解放之年，值得人类历史铭记。

最后，在卢卡的发明道路上，爱情与死亡也决定性地相遇，成为彼此的见证。这就是为什么，卢卡笔下对恋人的激情会呈现出无度毁灭的样貌，而投身死亡的决心又会呼应爱之缺席的绝望。在爱与死的这般紧密结合中，卢卡以超现实主义的不羁狂想和黑色幽默，塑造了一个阴暗又迷人的怪物形象：午夜的月色下，他悄悄来临，披着黑色斗篷，形迹飘忽，向沉睡者和失眠者低声诉说人性的至深秘密，而你会听到最大胆也最直白的欲望供认，甚至不加掩饰地报着其在精神病理学的诊断单上的名字，吟唱文学的恶徒们早已听惯的马尔多罗之歌。斗篷底下他是谁？是压抑而苦闷的性倒错者，还是向神灵忏悔或挑衅的罪犯？是秘密社团的虔诚教徒，还是被魔鬼迷住魂的僧侣？是赶赴祭仪的巫师，还是寻找猎物的吸血鬼？在明显虚构的口吻里，他说的是残酷的传说，还是骇人的梦魇？或者，他是又一个狱中的萨德侯爵，还是另一个书桌旁的安吉拉·卡特？这一切将交由读者来决断。

爱情发明家

从一个太阳穴到另一个太阳穴
流淌着
我虚拟自杀的黑血

沉默的酸液

仿佛我已真的自杀

子弹昼夜纵横
我的大脑

连根拔起
视觉、听觉、触觉的神经
——那些极限——
并借整个头颅

挥散凝血与混沌的
火药焦味

而我以格外的优雅
在肩膀上
拖动这自杀的头颅
把一个卑劣的笑容
从此地运向他处
毒害方圆千里内
存在与事物的呼吸

从外部看
我就像机枪狂射下
倒落的人

我不定的步伐
有如死刑犯
田鼠
受了伤的鸟

正如钢丝上的行者
依仗他的阳伞

我也拼命抓着
我自身的失衡

我默默记住
这未知的路线
大可闭着眼睛
走遍全途

若论优雅
我的动作
显然不及水中的鱼

比不上秃鹫和老虎

它紊乱
就像你初次
见到的事物

我被迫发明
一种新的行走模式
呼吸模式
生存模式

在这个既非水
也非气，既非土也非火的世上

如何提前得知
我是该游泳、
飞翔、爬行，还是燃烧

发明第五种元素
第六种元素
我被迫修正我的抽搐、
我的惯习、我的确信

因为要从水生生物
变成陆生生物

而不改变呼吸
器官的用途
无异于自寻死路

第四维度（5^e，6^e，7^e，8^e，9^e）
第五元素（6^e，7^e，0^e，9^e，10^e，11^e）
第三性别（4^e，5^e，6^e，7^e）

我向我的重影、我的复像致敬

我注视镜中的自己
我看见一张面孔
布满眼睛、嘴巴、耳朵和数字

月下
我的身体投出一道阴影
一个半影
一条壕沟
一片平静的湖
一块甜菜头

我真是难以辨认

我亲吻一个女人的唇
而不管她是否清楚
自己已然中毒
在塔里关了千年
或只是趴在桌上
安睡

一切必须被重新发明
世上不再有任何存在

哪怕是
不容忽视的事物
我们的生存
看似依赖的事物

哪怕是恋人
那至高的确信

那头秀发

那任我们

如此快意溅洒的鲜血

那谜样的笑容

在每天下午 4 点钟

触发的情愫

（4 点钟

这预设的数字

足以质疑

我们今后的抱搂）

一切

一切人性的首创

都具有

数字 4

这简化和预谋的特点

哪怕是偶然的相遇、

伟大的爱恋、良知突发的
惊天危机

我看到了人的污血
满身钟表、记账簿
满身现成的浪漫
满身致命的情结
满身局限

带着我终能忽视的厌恶
我投身于这既成的形象

无限的已知

男人和女人
犬只、学校和山丘

一去不返的
凡俗忧乐

千年来

人繁衍

如一场蒙昧的传染病

公理之人：俄狄浦斯

以阉割的情结

和分娩的创痛

支撑起恋爱、

职业、

领带和提包、

进步、艺术、

教堂

我痛恨这俄狄浦斯的自然之子

我敌视并拒绝他的固定生物学

如果人是因为出生才落此下场

那么我要做的就只是拒绝

出生

我拒绝一切公理

哪怕它看起来
可信

为了承受出生
这诅咒一般的
基本心理学
我们从未发觉
我们还能进入
分娩创痛以外的世界

活该啊，俄狄浦斯之人

正因我尚未
挣脱母腹
及其崇高的眼界
我才流露醉意、昏沉、
心不在焉

正因如此，我的举止
断断续续，我的言说语无伦次

我的动作太过缓慢或迅疾
自相矛盾，畸形又可爱

正因如此，在街上
就连神甫或雕像
那有损声誉的场景
也不如交配生娃
更令我怒不可遏

而我继续赶路
因为扼杀也是枉然
无济于事

我更愿藏身人海
如一悬搁的凶兆
好过做名杀手
惹起绵绵愁苦

基于这面对生存的
非俄狄浦斯立场

我以黑色的凶眼注视

我以无声的耳朵倾听

我以人工发明的

无感之手触摸

这女人的大腿

我不挽留其芳香、

其甜美——其非凡的身体

散发的持久魅力——而是

记住其身体的电光，永恒中

仅点燃又熄灭了一次的

流星

这大腿的流体和磁力

其宇宙的辐照，内部的

光影，川流的

血潮，时空的

独一位置

在我非人的大脑、

心脏和呼吸的

畸形放大镜下

对我显示

在每时每刻
这独特的显示之外
我领会不到
生命的魅力

如果我们所爱的女人
没在我们眼前发明自己

如果我们的眼睛
没有抛弃视网膜上
影像的陈词滥调

如果它们没让自己脱轨
惊异地驶向
前所未见的领域

那么生命在我看来就像是
被随意地固定于我们童年
或人类童年的某一时刻

一种模仿
别人生命的方式

生命实则成了一幕戏
让人演绎罗密欧、该隐、恺撒
及其他阴森的形象

这些死尸附身
我们如具具棺材
走完生死相连的
路程

我毫不惊讶
眼看人的贱脑瓜里
浮现出
死后生命的影像

如此反复、如此幻现、
如此惯常又反动的

卑劣颂扬

我闻着恋人的秀发
一切得以重新发明

闻着恋人的秀发
下意识可耻地想着
嘴上的拥吻
先从预尝到占有
再从占有到松懈
又从松懈到亢奋
这概括了人类生存
那先天的陈词滥调
有限的技艺

如果做这简单的举动：
闻着恋人的秀发
而不拿生命冒险
而不参与
最后的血球

和至远星辰的命运

如果在这片刻的瞬间
不管对恋人的身体
做了什么
都无法从整体上打消
我们的疑惑、我们的不安、
我们最为矛盾的渴求

那么爱其实
就像猪言所道
乃是物种繁衍的
消化活动

在我看来，恋人的眼睛
沉重又朦胧
如一切星辰
而唯有光年
方能度量
她目光的辐照

仿佛潮汐

和月相

之间的因果关系

还不如这眼神（闪电）的交流

来得怪异

它让我的命运

和整个世界

邂逅于

一场宇宙的沐浴

如果我的手伸向

恋人的乳房

我会毫不惊讶地

看它突然

覆满鲜花

或夜色骤降

我收到了一封

千纸封装的信

在恋人、
镜子、帷帐、
椅子

为我们持续呈献的
这未经勘探的区域

我尽情抹去
目睹之眼
拥吻之唇
沉思之脑
就像划掉一根根
只用一次的火柴

一切必须被重新发明

面对恋人
布满伤痕的身体
唯有俄狄浦斯的思想

会把它套入
施虐受虐的公式
唯有现成的思维
会满足于标签
和统计

我爱某些刀片
其厂家的图标
幽默地唤起了
中世纪的古老铭文

我爱这把刀片
在过热的午后
游移于恋人的身体
那时我露出最甜蜜、
温柔又无害的神情

她的身体突然颤栗
就像双唇
总含泪水

将我接迎

如我乘舟闲游
挥手
轻划水中
她的肌肤刀下开裂
让我嘴吮吻的
梦幻之血
漫流于她体肉

我由此看见
一人得意的脑袋
正向心理学告发
我即吸血鬼

又一个午后
我的爱化成火焰
迷失于幽暗
惶然于焦虑
它为自己设下多变

又难堪的陷阱，同时提出
疑惑与解答
漫长的回廊
无尽旋转的扶梯
四面皆墙的密室
我自杀了无数次
一株野生植物，一条河川
我由此看见一次次
简化的绕圈，傲慢
又恬不知耻
揭露我体内一个
又一个自恋狂、恋物狂、
嗜粪狂、恋尸狂、梦游者
一个又一个虐待狂

无与伦比的秘密情欲
令我回想起阴谋家
和魔法师的乔装生活

以此肆意地折磨恋人

伤其肉体，杀其性命
我还不是虐待狂

除非你说
我杀了她
因为我身上有刀

我怀着施虐的心理
当我冒犯他人之时
我也感到诧异
但我倾尽所有
投入的此行此举
并不分担
我存在的全部潜力

万事难言结局
可不论什么行为
就连最基本的举动
我都赌上了性命

我爱在宁静的夏夜
倚窗遥望
天宇

任我的双眼
被一颗孤星吸引
（我不知为何
如此忠心地把它凝视）
而我狂热、纤瘦又纠结的手
杀人犯的手
削着苹果
就像在剥人的皮

勃起的性器
淋漓的冷汗
越来越急促的呼吸
我啃着苹果
以恶魔的天真
倚窗凝望
遥远的星

不知为何
我此刻想起
两位植物虐待狂
威廉·泰尔与牛顿
但如果万有引力定律
推导自牛顿的传奇苹果
和泰尔箭矢的
加速度
那么我的爱也会被
冠以虐待之名
就像一切神话
和传说的简化

我爱这发明出来的恋人
这孕育着恶魔的
地狱大脑的
天堂投影

对着她天使的肉体

我无尽地投下

我的痉挛、我的剧毒、

我的怒火

尤其是我亵渎的

巨大可怕的激情

这亵渎的无限激情

维持我否定的体温

否定之否定的

体温

维持我对一切存在

无边无际的仇恨

因为一切存在的

秘密潜能

都包含一座

我们必须践踏的坟墓

因为此时此刻

我们自己

就倾向于行尸走肉般

接受自己

把自己变成公理

我爱这女人每天清晨
用她如此珍贵的血管
为我准备的一场
温暖的血浴

享用完恶魔的
日常梳洗
我什么也不认得
甚至不认得自己的血

为了让恋人摆脱
创伤的母亲
及其险恶的同谋
阉割的父亲
令人瘫痪的性格

我被无法平息的爱的饥渴
侵蚀、凝结并吞没的存在
所憧憬的恋人
只能是一个未诞生的女人

我说的不是
尚未诞生的女人
不是我们每个人
心底
如乡愁创痛般

存留的理想哲学的
芬芳肿瘤

我们徒劳地
四处寻找
浪漫主义者
在抒情的烟馆里
为我们招来的这
理想、不变、遥远、
几乎不可接近的女人

我们徒劳地寻找这绝对的女人
其存在的理由
就是我们从未遇到过

格拉迪瓦或灰姑娘
一旦遇到
就不再配得上
其自身的芳香
她们只是模范

妻子和母亲

就像最小的理论偏差
也是死亡的一次胜利

为了追求这理想的女人
我们只能渴望找不到她
或一旦找到就将她失去

只能渴望维持
一个如此可悲的人性的
宗教观念
即爱情是痛苦
和虚妄幻觉的根源

这永恒的梦中女人

只是挖深
而不填平
昼夜的鸿沟

她让人
在其牢房内的对偶
和平静的骚动永存

银行家和诗人的共处
已不再冲突
而对诗人的偏袒令我
愈发心生疑惑

我在四周维持
这世上同时发生的
专横悖论

对我而言
才华横溢的诗人
是和贪婪的银行家
一样化脓的赘疣

人的昼夜生活

睡梦和清醒

势不两立

因为它们已和解于

那永恒的混乱

我们永恒的渺小欲望

我们优雅的颠覆之念

我们背德乱伦的羞怯梦想

我们伤风败俗的永恒梦想

统统活在那里

还有外部世界

荒谬地永存的

愚蠢狂妄的阻碍

它们让这白白挥霍的

窒息生活

与其替代的可笑欲望

达成妥协

永久地支撑起

俄狄浦斯之人

这可怕的恶性循环
笼罩着整个生存

唯有我对人类永恒的静止
发出的无边怒火
从恒星的强烈旋转中
拽出了未诞生的女人

她摆脱这有限
又令人窒息的恶性循环
就像避开险恶的陷阱
僵直的人体生物学

此生物学仍徘徊于
正常与反常之间
其辩证的解法
丝毫不会改变
生存的脆弱

正因我全方位

拒斥

生存的脆弱

我才看到人的解放

与一切解法的并行

紧密相连

人在自身命运

内部的跳跃

应一下子解决

所有即时之需

我们的革命憧憬

形形色色

又同时呼应

必当包括

梳妆、拥吻、

视看之道

（休想让我相信
首次行刺之后
你还以同样的方式
注视街上走过的
那女人的眼睛）

怀着这不让欲望悬空
随时随刻
满足自己的
狂躁忧心

为人愈发倨傲、
冷酷、固执

就是深信
自由一旦获得
便永不复失

抛除人性的脆弱
其退化、阴森、

反动的生物学
朦胧又进步地期盼
明天解决一切
可我知道明天
来得太晚
只因常识、谦逊、
理性禁止
我们逾越和打破
自身界限的一切倾向

因为我已敢于打破
这些反对人性
全面解放的
压抑界限
当我外表的同类
为美、正义和荣誉
之类的抽象理念
可悲地自杀时
唯有我一人
在茫茫墓地中醒来

不知我的手

触摸这新鲜的尸体

是否会给它带来

奇迹的解决

或只是模仿

恋尸狂的淫荡颤抖

但又期望

并失智地笃信

我现身于世

写下的重重行列式

——以星辰

为最妙的起源——

包含此世的解体

而带着渎神的

狂暴忧郁

踏上墓地寂路的

这孤独的旅者

不过是个恋人

一个怪物般的恋人

恋着怪物般的情人

既非自然，也非人类

这未出生的情人

分娩之墓地的异客

不知爱情的陈词滥调

不知僵化的百般姿势

任凭姿势端庄或优雅

也无力维持

那丧葬种族的未来希望

因为只有出生

让其摹本，死亡，成为必然

因为只有出生

让人准备好葬身之地

而他胸口

永远压着的墓石

限定了其移动的次数

我们习惯了

胸口压着的墓石

如同宿命

而墓石下
重复着
窒息者被囚禁的肺

这无可救药的瘫痪者
无可救药地爱上
一个女人的一切
所有人都爱的女人，母亲
就像一生都同一个女人
——不管她是谁——
一起关在塔里
无可救药地爱她
就像艺术
和人性丑恶无可救药地绽放
就像众人无可救药地结婚
过着同居生活
表演某些活色生香
又多愁善感的动作
划出他们的界线
就连给这僵硬的世界

带来某种变化的
所谓
性精神病态
就连性癫狂和放荡
那令人宽慰的否定
在我看来也还不够
尽管只有它
允许我以包容之心
直视人类

这千百次的痉挛
令众人彼此相似
如滴滴汗水
已将其解体的种子
纳入母亲的形象、
母亲的因果
以及另一险恶的人物
父亲
带来的无关痛痒的复杂化
只是让这有罪种族的风景

变得更加

单调和丑陋

而我不停地自问

人怎能忍受

这苦役犯的命运

绝望者、自杀者、

行刺者的数目

怎会变得

这么少

只有拒斥

生存的公理化状况

像杀死造物主一样

弃绝此时代的作者

我才爱上这恋人

我赋予自己自由的权利

不爱造物主造就的形象

追随这恋人
在世上的现身
就像惊愕地注视
一颗遥远的行星
从混沌中浮现

参与她
永远惊人的身体
不同部位间
操演的
排斥与吸引

参与这可爱的星云
同时进行的
分解
与结晶
冷却与燃烧
这就是我挚爱的恋人
永远在生成
一直被发明

她的存在被崇高地否定

每天清晨，她都以全新的
爱的形象将我唤醒

因为在这永被发明的恋人身上
你会邂逅
生物学废墟下掩埋的
业已消亡的人性
全部的活体碎片

身体的碎片
呼吸的碎片
爱情化石的碎片

但不是女人的整个身体
它已用小罪小孽
所加倍的小德小善
那令人忧伤的混乱
包围

冷与热
悲与喜
泪与笑

这些制造邂逅的身体
这些女人的身体
从我挚爱的恋人身上
像丢弃无用的遗骸般
在门后留下
全部的已知
其对爱情的预想
其盼望从我房内
找到的一切
（屏住呼吸
困惑地看着
镜中
无与伦比的耀眼陌生人
立刻就能认出
那是自己
并再度沉迷）

揭露其存在深处

血液的流动

经过那么多等待的世纪

它已布满尘埃

被一层厚厚的霉菌掩盖

那是祖传的致命习惯

对母亲子宫的

柔情怀念

仿佛在当下总体的

日常现状里

那个子宫还可进入

这些女人的身体，这些碎片、

钻石、嘴巴、眼睑、

头发和面纱

失去了部分

固定的个体性

弃绝了恋人

陈旧有害的公式

她想让自己

如其所是地被爱
哪怕其被爱之处
离自己相去甚远

以此它们自由地挣脱
原初情结的凶险约束
不再从我身上寻找
同一个悲哀的
千面人物
也就是父亲

这些女人的身体被我炸毁
被我对怪物般爱情的
怪物般渴念
撕碎和残废
它们终能在自身之外
自由地寻找并发现
其存在深处的奇迹

而什么也不会让我相信

爱情绝非
奇迹的
致命入口
它通向其淫乱的危险
通向其混沌的
地下春药
那里前所未遇的、前所未见的
都是持续惊异的
当前征兆

这奇迹的入口
向生亦向死
于我是存在的
神经中枢
是生命开始
值得一过的临界点

因为这生存的临界点
在其秘密的训诫中
包含备受压抑的

人类境况的超越
终结那出撕裂我们、
扼杀我们、将我们
活活困入自身坟墓的
俄狄浦斯悲剧

五个女子
在最意想不到、
最独特、
也最荒谬的情况下
拜访我淫逸多情的绝望
让这以芬芳沐浴我生存的
触手般光芒四射的恋人
易于操控

在昼夜的某些时刻
我的同类
费着巨大的艰辛
攀向其无法企及的
原初情境

而在地表

有人以刻板的姿势

或粉饰升华

或直截了当

或肉欲，或伤感

或文化，或战争，或宗教

模仿原初的场景

其燃烧的快感

已在记忆中留下

一道永不愈合的灼伤

而人用血偿还

其未彻底失忆的后果

水与火

肉与灵

生与死

爱的原初联系

自行

重建于我辩证的现实

在昼夜的某些时刻

一些未知的女子

脸上蒙着黑绒面具

不认得眼中的自己

闯入我的生命

像被菲勒斯的神性吸引

而爱情与魔法

相会于此

只为不再分离

她们完成爱情仪式

所用的姿势

令人浮想联翩

甚至想到死亡的判决

或水底的昏厥

或珍贵莎草纸的毁灭

但绝不是

人在妓院、教堂

或可耻的激情戏里

轻易执行的
基本操练

此等爱情的神话人物
来自我眼前自我发明的种族
这些女子摆姿作态
其意义
或直接，或隐秘
无不避开了她们
但其恶魔的回响
令她们满身淫逸

这些女人同我签订
血的契约

我从梦中、从胯部、
从指尖或太阳穴
随意地抽取
她们签名的血墨

只有从她们体内获得
这些令其献身于我
就像献身于魔鬼的
血滴
只有在她们
身不由己的时刻
她们才开始寻回自己
着魔并迷魂于
其内心的喃呢

她们靠近她们的命运、
她们的阴影、她们的肉体
并相辅相成
在其破裂的衣袍下
她们变得
可谓更加耀眼
只有这时
她们才振奋地觉得
自己独一无二、
命中注定、无可替代

而在男人和女人
相互紧缠
映照出彼此空虚的
那些爱情操练里
她们还从未遇见此情此感

表象、
街道、习俗
试图揭发
这些逃狱的女子
如乡野的疯婆

在我心的银幕上
她们无尽地投射
这与我命相连
被发明且可发明的
奢华恋人

而我发现，我向恋人
吐露永恒忠贞的

誓言之末
在我念出它的时刻
享有独特的滋味

因为我在此看见
我同类的惊慌面孔
渴望以青铜
浇铸我的头像
踏着其
惯常粗俗的腐尸
念着唐璜和卡萨诺瓦
熟知的陈词滥调
对我目含绵绵情意
忠实地爱抚
一个绝无印象、
素不相识的女人
感到失望

为我心怀撒旦的忠贞
抛出这天真无邪的浪漫反驳

陷入难堪

我确信
为了让卑劣的人性
更心安理得地
前行
我得是残暴的杀手
或荒唐的纵火犯
因为只有这样
我才能被贬为
其可预见的既定一员

但他们绝不会原谅
我柔韧姿势的流沙
残酷、晕眩如火山
如大地的漂移
从相遇到相遇
这就是破碎的女子们
震颤的混战
略有耳闻或全然未知

她们被不可抗拒的力
拽向了我
置身于一个
不求对等的处境
这世界全由
日常或例外的现象构成
却不时地唤起
梦中生活遭受的
移位
和凝缩的过程

一袭长袍、一面轻纱、
一只绿眼、一粒青眸、一股芳香
或一剂慢毒、一阵昏厥、
一道髋部创伤
丝丝散发
这么多朦胧飘渺的暗指
这么多顺当的涌流
让那颗黑暗的头
浮出水面

阴云遮面的恋人的头
我如触手般光芒四射
从未出生的挚爱恋人的头

而对她至高的肯定
就是这条我用来
吸榨心脏的巨大脐带

死亡的死亡

以极端的精神快感
我在心理和情绪的
持续亢奋中
追寻自身内外
这无尽杂技的数量

这声色活跃的凝思跳动
我一直在表演
不分躺卧和站立

乃至于我以令人狼狈，
或无耻，或性欲勃发，
或完全不可理解的方式
远远地向我的同类致意

用佯装的冷漠

触摸或挪动
一把刀、一个水果
或一位女人的头发

在我痉挛着融入
宇宙的宏大动乱的
存在内部
我激起这惊厥的跳动

其主导的辩证法
永远为我通达
哪怕我只把握
其乔装改扮的关系

如今它开始
让我面对其捉摸不透的形象
仿佛
忍不住
在镜子的表面
遭遇另一自我

我焦急地抓挠镜子
只是惊愕地
目睹
我自己的消失

这里说的不是
认知层面的笨拙
或人骄傲地承认其无知的
虔诚操练

我不懂任何
智性的好奇

对于同类提出的
某些根本问题
我毫不迟疑地支持
我寡淡的兴趣

我可以死去千次
而不会有死亡这般

根本的难题
在其哲学的维度上
向我提出

任自己被
包围我们的神秘困扰
这做法在我看来
永远属于潜在的唯心论
不论其途径是否唯物

死亡作为阻碍、
压抑、暴政、界限、
普遍的痛苦

作为无力承受、难以容忍、不可理解的
日常的、真实的敌人
为了变得真正脆弱
且准备着，易于溶解
不得不在微小又庞大的
辩证关系里对我显现

我持续地与之维持这一关系
而不管它在价值的
荒谬等级中占据什么位置

相对于死亡
就连街上捡到的一把雨伞
在我看来也和医生
阴沉的诊断一样令人不安

在我同死亡（手套、
火焰、命运、心跳、
花朵……）的关系里

偶然念出的词
“垂死之人”
而非“心爱之人”
足以惊扰我的通灵术

凭借主观预感（我欲求她的死亡）
和客观预感

（她身处死亡的危险）的失误
我确知了
威胁我心爱之人的
死亡的凶险
它激起我的反攻
主观施魅
（我不欲求她的死亡
——内在的矛盾心理，罪责）
和客观施魅（她不身处死亡的危险
——外在的矛盾心理，有利的偶然）

按照我发明的
自动程序（“磁眼”）
我制造了一枚模拟护符

这枚护符
集合了前兆、苦恼、意外、
必然、机械和情欲的
其他次级决定因素
它们一起划定了

向死行为的界限
其制造乃是同死亡的辩证联系的
唯一可行表述
唯有它真正地着眼于
死亡的解决（消解）
提出了死亡的难题

近来对我自身辩证跳跃的
不解已让我沦入
惊慌忧伤
和道德昏死的状态
它和认知难题面前
一种智性的
态度无关

近三十天
前所未有的晦暗
困扰着我
如一未知的存在
似一全新的错乱

此外，我在四周

有条不紊地维持

一片雾气弥漫的氛围

童真的、拟仿的、难以溶解的神秘

有意在声色纵情中

令人难堪

众人皆知分析

如任何理性或非理性的

阐释方法

不过是神秘得以揭示的

部分可能

因为一切真理的暴露

只带来更多的掩饰

并施展理论的魅力

就像世纪初那些歇斯底里、

难以抗拒的女人

爱为她们披上了

花边、香水和迷魂的层层外衣

所以令我绝望的
不是近三十日
阐释的失败

在我内心的空洞里
让我陷入绝望、迷茫、
思想混沌和凶残痛苦的
是年初我独一地现身
于世的失败
它遭受着
缓缓溶解的威胁

是我自己招致了
这惊天的欺瞒
我沉迷于一个念头
想以前所未有的敏捷
奔至睡与醒、
是与非、
可能与不可能的边界

在虚妄错觉
和根本谬误的世界里
突然直击
布景的背面
不容原谅的错误已把
我无与伦比又难以想象的存在
变成了伤痛

我觉得自己被抛到了一旁的世界
却不知自己犯了何种错误
（甚至在罪责的不稳层面上）
不知自己遭遇了什么，也不知为何
我只感觉到过失的灾难后果
外部世界对我发起
侵犯和残酷的
或许必要的雪崩

周围的所有人
都在背叛我，无一例外

所有物体、女人、
朋友、气氛、猫、
风景、苦难，所有
怀着爱或恨监视我的一切
都利用我无边的虚弱
（一个逃避我的
理论谬误的结果）
凭一种令人厌恶
但无疑更必要的懦弱
全力鞭打着我

突然，我置身于冰冻的
房间，饥饿、孤独、肮脏
俄狄浦斯的背叛潜伏于
我全部的阴影
病弱、无名、凄惨
我裹着热病和泪水
浸湿的床单
因寒冷和恐惧而颤抖

由于
这些凶猛的突袭
（名副其实的警报）
随之而来温柔的搂抱
在我眼里一下子显得可疑

而我心急如焚
需要在身旁开创一片空虚
以应和那令我全部精神活动
瘫痪的理论空洞
借此难以忍受的投射
我挣脱了
外部世界强加于我
甜言蜜语的善恶混合
俄狄浦斯重影的图像
谬误险恶至极的面具

经这意外的打击
我不再允许自己
按着机械

保存的本能
到恋人怀中寻求庇护

恋人的怀抱
同样，参与了这等暴力
其无形的共谋清晰地显露
只要我们避难于此
只要我们犯下不可宽恕的错误
把爱的客观现实
简化为外部世界显而易见
又令人困惑的现状

为避免遁入
一场宽慰的幻觉
我更愿揭露
恋人的部分共谋
而不是美化
其补偿的魅力
我更愿推动我的绝望
直至最终的结局

（它应包含一条
有利的辩证出路）
而不是寻找一间庇所
包扎并清洗我的伤口
倘若天真的恋人
没犯可爱的过错
弄混碘酒和毒药

只需要冒着黑暗
摸索一张相片或一块手帕
跌跌撞撞或扎到针上
我便在我指尖
这滴血的神秘里
参与最遥远的情欲因果
最难以置信的星辰
社会和宇宙的联系

我明白自己
对周围所有人的绝望
会在何种程度上

透露出强烈的
受迫害躁狂
但我的此行此举
并不能废除
我赋予妄想症的
客观意义
尤其是为了揭发我所爱的人
我掌握一套物质的分析
自有其说服力
完全不需要
我个人的躁狂支撑

而且，我的指控是否合理
并不重要

我所关心的、我所感受的
不可抗拒的需求
是忍着我对自己施加的
短暂疼痛和我表面上
陷入的受虐范畴

用我的行动
维持我体内的理论空洞
直至最荒谬的尽头

对我来说，客观可欲的
唯一快乐，从未体验的
快乐，只能由
前所未想、前所未思的
狂喜的精神并发症唤起

我曾犯下的理论谬误
让如今的我
在外部世界
持久的虐待前不堪一击
这些谬误找不到出路
除非我在否定
和否定之否定的
摇晃平衡中站稳
那是同自我
达成永远一致的唯一方式

我发觉理论的空洞
就像抽气机下
昼夜的生活
我被迫向所有爱我的人
寄出绝交信，揭发其仇恨
他们的爱在我看来
充满普遍仇恨的潜在特征

从肉体上远离这些人
不仅是我空洞理论的
付诸实践
更是安全的基本举措

数日来
我见不到任何人
如果所爱女人的缺席
人类话音和热情的缺席
偶尔引发了我足够亢奋的恐惧
那么我被迫、偏执、狩猎的孤独

相反，超乎一切限度地加剧了
我无边的、我无以度量的绝望

我不知该怎么办

为了同自我达成一致
（就像子弹同它溅洒的鲜血
达成一致）
我已竭尽全力
避开了外部世界
为弥补它在俄狄浦斯的阴险中
对我犯下的弥天罪恶
而替我埋设的柔情陷阱

我已反思自身理论的空洞
就像一面镜中之镜
映照我荒芜的生命、我破裂的姿势、
我绵绵不绝的痛苦失眠、
我永恒的苦闷
这么多绝望让我石化

我不懂我还能做什么
除了同死亡面对面
因为只有死亡
能用其蒙昧又致命的语言
表达真实的死，死消耗我、
穿透我、遮蔽我
直至毁灭

当我驶向死亡
如驶向自我否定的
几乎合理的结局
我撞上一个量化的障碍
从中我就像面对
死猪腐烂的内脏
认出了造物主的绝对粗俗
其功利又下流的
基本想象

这粗劣、自然、创伤的死亡
比它映照并补全的诞生

更具阉割力
我受不了它，不仅是因为
它把阉割的理念
推向了肉体的残酷毁灭
更是因为这一维的死亡
并不符合引我们至此的
辩证跳跃

其固化、机械、绝对的反面
让必然性的自由表达
失去了可能，在那里
因与果被禁止
改变它们的命运

在我生存的葬礼黑夜里
死亡的持续到场
必然不会流露
造物主发明的死亡
令人瘫痪的面容
这结构上宗教的死亡（这生命）

将随最后的压抑
而消失

我接纳这死亡如一必然性
如绝望的阀门
如爱与恨的反驳
如我的生存
在自身矛盾内的延续

这死亡，我认得它
在某些苦恼又淫荡的
梦境里，在毒物癖里
在蜡屈症里，在多变的
自动症里

总算在人与
影、影与火
交织之处

我认得它，在我隐蔽的恋尸癖里

当我迫使我的恋人
在爱恋中
保持冰的被动

我认得它，甚至在机械的
沉睡里，在昏迷
或癫痫中

但就连自我苦修
最甚的冥想
也没让我认出
这险恶现象的客观性
它令我们千篇一律
重复我们又灭除我们
仿佛我们千百次沦为了
一个高龄的犬儒偏执狂
千年的牺牲品

这必然的死亡
不再创伤地对立于生命

而是在连续否定的意义上
消解了生命
由此因果的互换与颠倒
永远地可能
这客观的死亡
就像我客观生命的回击
以永恒的极端张力
贯穿着
我爱恋的炽热客观性
带着无限痛苦的忧伤
深陷理论空虚的
道德僵死，以及
阴森却又流露着
革命征兆的无解绝望
驱使今天的我
加剧那激烈的恼怒状态
激化它直至
其不可能的否定，直至
不可能性的激化否定
在那里，死亡

为了像女人一样被吞噬
抛弃了其创伤量
以幻术和崇拜
实质地燃烧于
幽默

利用我们内在
纹身的密符
再次召唤
无法呼吸的诡计三角
患自动症的
千层皮衣女郎
催眠梦游的双重心脏
拟像无与伦比的
巨鲸

连日来
我尝试着自杀
这不只是
我的失落、我的厌倦、

我的主观绝望
催生的结果
而是我第一次真实又虚拟地
战胜了
那普遍绝对的瘫痪
也就是死亡

我再也受不了这贫困的生活。

第一次自杀尝试前留在
桌上的信（I）

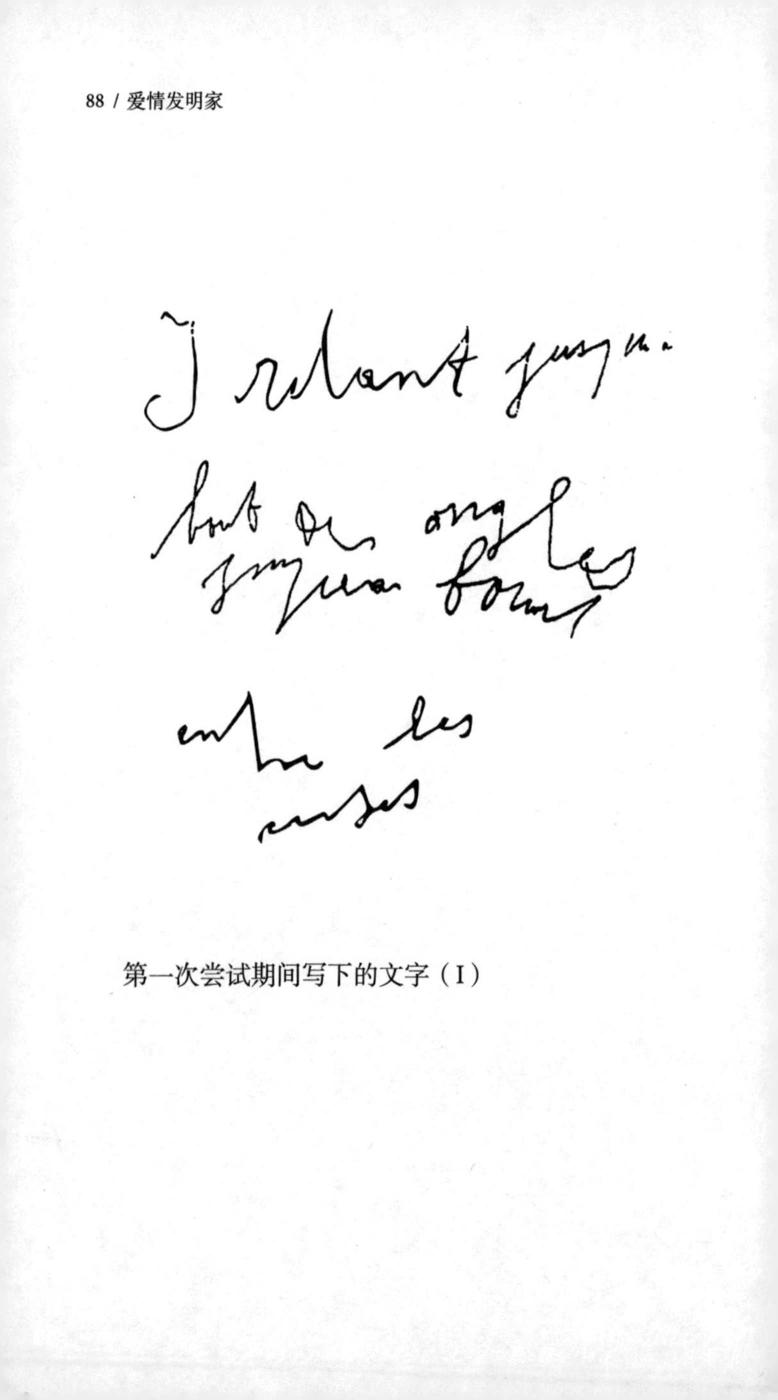

第一次尝试期间写下的文字（I）

I. 我试着用一条
系在门把上的领带
绞死自己

我在桌上留下一封信
它流露出难以抗拒的滑稽

一切可感理由的缺席
在我“出于苦难的”自杀里
找到了一个粗劣经济
但又充满魅力的回击

在自杀所需要的
一切表面理由中
这借口因其奴性、
受虐又全然反动的特点

总激起我
一种特别的反感

从我的尸体上找不出
一封更令人难堪的信

尤其是“贫困”一词
概括了苦难
全部的颓丧与至福

尽管它带着嘲讽反对的
非自愿倾向
吐出了舌头
但得益于这封信
我野心勃勃的尸体
跨过了社会阶梯的顶端
迎着一阵晕眩，我把我的激情
当作陶醉、当作窒息、
当作确信的消散

我的手伸向喉咙
可能是为了阻止绞扼
但我的姿势如此暴烈
以至于我看起来想完成自缢

八年来我还没戴过领带

（速记）

勿寻我的死因

无人有罪，我亦如此

我弃世而无悔

只求薄葬

若有可能，火化甚佳

无需花束，无需花圈

第二次自杀尝试前留在

桌上的信（II）

Violeme hystherisant
toi, l'orée
c'est le sang noir
et l'oubli
c'est le desir d'oublier tout
sauf le desir

第二次尝试期间写下的文字（II）

II. 我的双眼、我的薄唇、
我满脸的苍白
从未如此令我心烦

我如此亢奋地
在自杀
和作乐的诱惑间
不断摇摆

我的右手
将枪口
抵着太阳穴
而左手
在镜前
潦草涂画的笔迹
像是另一人所写

一个影子

或另一面镜子

我留在桌上的

遗书

或许也助长了

我亢奋的状态

卫生的精神和节制

激发了它

其资产阶级

基本机械的物质主义

让人想起面对文明征服

（广播、航空、电视）

的普遍态度

尤其是其实用的常识

（“无需花束，无需花圈”）

因巨大的反差

令我革命的理论立场

茫然不知所措

极大地刺激了情欲

我头痛欲裂

（速记）

哦，亲爱的！

第三次自杀尝试前留在
桌上的信（III）

Tes larmes ton
parfum, ton desespar
mon
suppplice

第三次尝试期间写下的文字（III）

III. 在恋人的昵称前
“哦”这个字
有意戏剧化的
拖长发音
足以表明
我爱情的潜在忧郁
它麻醉了我的怒火、
我的绝望、我的暴露癖
用无声的残酷取而代之
如同食肉植物的爱情
实施令人僵死的
吸血鬼操练

尽管如此，我暴怒地
在心口上
给自己来了一刀

右手持刀期间

左手潦草涂写的字迹

保存着爱情的潜在忧郁

保存并吸榨

（速记）

多年来

折磨我

无可医治的神经疾病

迫使我终结我的时日

我为我父母的罪过

我不曾改变的遗传

付出了生命

如果我曾伤害某人

我也不曾为此道歉

第四次自杀尝试前留在

桌上的信（IV）

La fatalité m'attire
par son inexistence
par ses grands
yeux noirs

第四次尝试期间写下的文字（IV）

IV. 我喝下一瓶毒药

其微小的剂量有助于

平息我腹部的危机

我在地上打滚

痛苦地扮着鬼脸

不知为何，我脑海中

闪过几个动物王国

令人厌烦的场面

大小不一的蠕虫、毒蛇、

被踹死的猫、发情的狗、

受刺发狂的马

到最后才浮现

我去年见到的那位女子

她身陷瘾症的危机

在阁楼地板上挣扎

至少如地震般
投出爱情的狂暴形象

“宿命”，服毒前几秒
写下的词，与其说关乎
命运，不如说关联着
（癔症）女子的命数
而“非存在”是宿命的
具体非现实和那位女子的
具体非现实之间的妥协
迟来的女子拒绝露面
却用她黑色的大眼睛
吸引我直至我也消失

遗书里“曾”一词
刻板的重复
实现了我赋予宿命和
非存在观念的歇斯底里感

这观念的形而上内容

和虚无、绝对、无限一样
构成妥协
获得了独一无二的物质性
如果我们任其在重度癔症中
陷入痉挛
如果我们品尝到
“幽默”里
沉淀的玄虚寒意

（速记）

如果，就像人们所说
死后真能继续
幽灵的存在
那么我会让你知道

如果一个月内
我没给你“生命”的暗示
那么你会明白死去就像一块洋葱、
一把座椅、一顶帽子的腐烂

我为厌倦而自杀

第五次自杀尝试前留在
桌上的信（V）

Je suis inspiré par
un grand oiseau rouge
qui dechire deux grands
oiseaux pourris qui dechirent
à leur tour un grand
piano à queue

第五次尝试期间写下的文字（V）

V. 我试着通过
自愿地屏住呼吸来自杀

由于我为窒息（为不窒息）
付出巨大的努力
书写变成了刑苦

我在太阳穴上、
在跳得愈发强烈的心口
感受到一阵紊乱的灼烧
它震动我的身躯
将我置于近乎高潮的
机械状态，但我体会不到
任何明显的情欲亢奋

此番不可能的自杀尝试

让我沉入名副其实的精神狂喜
肉体亢奋的唯一时刻
是我气息的恢复
它悖谬地相当于
子宫内真实的回归

得益于拟像
出生创伤的
颠倒
毫不怀旧或崇高
比我不可能的自杀尝试
更加可感
只是一遍遍地重复
童年游戏里实现的
子宫内回归
比比“谁能憋气更久”

这不可能的自杀
尝试，超出了
次要的、居间的、隐含的

肛门施虐的意义
对我有一种巨大的理论价值
既然我不断地试着
用不可能来颠倒
出生的创伤，其绝对的
宿命于我难以接受
因为它并不辩证

只要我继续反对
痛苦，我就坚持
从中目睹
一个至为压抑、严重又可怕的
错误

遗书只是延续
子宫内回归的观念
但这一次
充满怀旧的乡愁

把死亡的魅力还原

为产前生命的魅力
正如出自我的遗书
或出自俄狄浦斯的
心理学研究，这做法
初级得摆脱不了创伤

在（窒息又不窒息的）
矛盾意志的双重努力里
写下的文字
是一场同自我、同死亡、
同写作癖的肉搏
是对盲目力量实施的
至高侵犯

在完全意想不到的
亢奋状态中写出
其准确又平静的书法形式
这对我仍是一个谜

（速记）

附　录

为避免遁入

一场宽慰的幻觉

我更愿揭露

恋人的部分共谋

而不是美化

其补偿的魅力

我更愿推动我的绝望

直至最终的结局

（它应包含一条

有利的辩证出路）

而不是……

其实，有利的解决方案
只能从一个极端立场
内部浮现
在那里，辩证的交锋
发展至躁狂
发展至最不可能
也最谵妄的确认

通过紧紧抓着平衡木
或伤者之脚，而将我
从废墟中解救的一切尝试
对我来说一直致命

废墟的毁灭为我提供了
安然穿越废墟的唯一手段
只有摇摇欲坠的大厦

那永恒的炸药能让我挣脱
否定的凶残虎口
不像一个幸运的残疾人
捡回了性命，而是像
一个无限肇始的结局
再次证实
理论的精确
和革命的具体本质

拒绝一切与努力的经济、
与保存的单方本能
相连的妥协式解决
将我对苦乐二极的厌恶
推至死亡的黑暗边界
由此，人不再
以传统的天真来选择
其愚蠢：它招人喜欢
其污秽：善哉，哦善哉
怀着将我引向未知欢乐的
同等狂热

我任自己被痛苦吞噬

应和着我理论的沉淀
痛苦中出现的这一塌落
支撑了我对快乐的客观现实
持续的渴求
其唯一的证据仍是
它允诺的客观惊喜
流动的、可得的快乐
与不悦相交替
如奖章的两面
于我只是不幸
假日、消遣、婚姻的
直接表达，是把
这奴隶世界的悲喜
变成独特重负的一切

我宁愿死亡，千次的死亡
好过矿口重见天日
心生错误的欢乐

好过久病初愈
自由行走带来虚弱的喜悦

好过第一场舞会、第一条长裤、
第一根香烟、第一次旅行、
生平第一次爱恋

这表面的快乐源于
贫困的历史意外
和短暂的千篇一律
这喜悦属于筋疲力尽的人
只要他躺到了床上
这狂欢属于饥肠辘辘的人
只要他得到了食物

受压迫者的情感经济里
所有这些不合理的比例失衡
阻止了快乐的真正客观化
它在无尽的索要中

熄灭了对需求的

持续超越

我的非俄狄浦斯活动

遭遇的表面失败意图将我

活活抛向思想谬误的利爪

那谬误在最纯正的革命者中

广为流传，他们机械地支持

其暴政或其崇高的

逃避：“在阶级社会里

爱情无法实现”，他们忘了

保持这一断言

反叛效力的唯一办法

就是立刻否定

其包含的恐怖

其令人瘫痪的统治

在可憎的阶级社会里

一切皆无法实现，一切，包括爱情、

呼吸、梦想、微笑、

搂抱，一切，除了生成的
炽热现实

公然承认，障碍面前
哪怕暂时的无力
全然清楚，个人生平的
节奏永远不合于
其历史解放的节奏
如此革命的理想化阻断了
欲望的绝对—相对的现实
与满足的绝对—相对的现实
之间物质的互换

唯有当代社会内部
欲望的绝对—相对的满足
其自身矛盾
边界的突袭
让我们接触到无阶级社会
而通过系统地祈唤
有利的偶然，通过

持久地追忆
我们潜在的通灵才能
通过强力地规定
革命的决定因素，通过
永远地撬开外部世界的门锁
我们赢得了首剂客观的自由
它让我们用一种
只有癫狂的自由之爱
方能匹敌的仇恨
推翻了我们无可挽救的监禁

由于害怕我在爱情面前
永远辩证的绝望
变为面对爱之不可能性的
形式和逻辑的绝望
我任自己被我自身的否定
带向任何地方
掉进任何陷阱、
任何有害的圈套
落入阴影和迷宫

我极有可能失去
我理论的清醒
甚至最基本的肉体支持

通过加剧面对障碍的
历史悲观主义，直至其
偏执的精神动态，通过
让绝望更加绝望并将之
狂热地维持于爱情面前
无限悲观但又永远淫逸的
立场，我今日的
非俄狄浦斯活动，数月来
只是心碎地直面
两套相反的辩证法
在驶向爱之强力客观化的
革命旅途中，触及了
非俄狄浦斯都不曾梦想的
现实地层

通过让人类心脏脱离

它挣扎于其中的络合绝对
并把它，活生生地
归还给其自身辩证的跳跃
非俄狄浦斯立场
第一次在人类举止中
为二维僵化的物质
谋划了一场华丽的解放

相对论的全新问题式
为我们提供的宇宙
非俄狄浦斯从理论和实验上
为爱情设计的宇宙
在理论和实验中被重新发现
此时此刻它构成了
真实之物的真正浸剂
一种吸取并吞噬真实的意外
方式，并潜在地揭发了
一个对称、机械、
实效、形式、
倒退、奴役、元素、

空间和微粒的世界
它支撑着我同时代人的
生物、社会和宇宙

通过在晶体和对自然的连续
侵害之间交换特定之物
通过在嘴唇上守护
量子和难以言表者
不可破译的吻，时空
和非俄狄浦斯
透过好奇的普里阿普斯
望远镜，追踪人性超越的
幽灵星丛

- 译后记 -

狼人的爱

献给伊丝多

Lupul lui Luca：卢卡的狼。

Un lup văzut printr-o lupă：一匹透过放大镜看到的狼。1945 年出版的散文诗集的罗马尼亚语标题赫然印着卢卡独一无二的签名：狼。卢卡（Luca）名字里藏着的狼（lup）。甚至，卢卡体内的狼。一匹唯有透过放大镜(lupă)才能看到的狼(lup)。细胞里的狼,狼的基因。变异的基因。狼人(omul-lup),卢卡。

狼人来自奇想(lubie),他总怀有奇想。超现实主义的奇想。1930 年代,欧洲大陆上游荡着超现实主义的群狼,飓风般的群狼。狼人卢卡诞生于群狼,追随着群狼,叛离着群狼。群狼留下的足迹:查拉、维尼亚、沃罗卡、波哥札。然后,狼人周围的足迹:布劳纳、纳姆、特罗斯特、帕乌、特奥多雷斯库。足迹的繁茂(luxuriance),奇想的充沛。

狼的运动,游移,迁徙。狼人的路线,受逐,流亡。狼人的基因,犹太的血统,被诅咒的诗人,火刑架上的异教徒。社会的驱邪仪式(lustration)。失去国度。从布加勒斯特到巴黎,从黑森林到古堡。悲惨地(lugubrement)。狼人嚎叫。狼(lup)意味着战斗(lutte)。

狼人的战斗,不是重返人间,而是变身为狼。保持变异,“生成狼”。狼人就是生成。

1914 年，弗洛伊德的狼人躺在治疗椅上接受催眠。被束缚的狼。可怜虫(lustucru)。狼(lup)摆脱不了潜意识的封泥(lut)。俄狄浦斯的封泥。文明的狼。阉割过的狼。狼犬。公文包,教会,婚姻。命数已定。舞台上的悲剧演员。可悲(lugubre)。狼只是生产的机器。必须生成狼人，让机器脱臼(luxer)。捣毁机器(luddisme)。狂野的狼。

1945 年，卢卡的狼人觉醒。真正变异的狼，生成的野兽。学会发明。“一切必须被重新发明”。但首先，发明爱情。“爱情必须被重新发明”。狼人的宣言:“爱情在 1945 年被发明。”

狼人，爱情发明家。发明爱，发明爱的客体，发明爱的关系。来自另一个宇宙，非俄狄浦斯的宇宙。拒绝先天的情结，乃至拒绝出生。反抗宿命的公理，乃至反抗死亡。迎接全新的恋人，神秘的恋人，拼贴的恋人。库伯马尼亚。发明要求撕碎。狼爪。

凶猛的发明家。疯狂的科学家，夜行于墓地，如食尸鬼，贪婪地收集死亡的碎片。怪人

(lunatique)。他制造未知的身体，他的恋人。他以吸血鬼的姿势拥抱恋人，渴求毁灭的否定。路西法(lucifer)。冷酷的激情。因为他深知欲望的不可能。但爱情“穿越了不可能”。死亡(la mort)，爱情(l'amour)，从未如此靠近。

淫逸的(lubrique)游戏(ludisme)。夜晚，狼人卢卡望着天窗(lucarne)，等候他的恋人，另一个星体，月亮(lune)。狼(lup)诞生于月的光辉(luisance)，沐浴着光辉，挑逗(lutiner)着光辉。星辰的邂逅。宇宙的爱情。

狼人用变异的舌头说话，用变异的爪子书写。从一片疆域到另一片疆域，狼人变换他的语言。从罗马尼亚语到法语。散文诗体变成诗体。大量的词句删减。打磨(lustrage)的工作。

狼人在变异中撞击死亡。比死亡更深的死亡。从普遍绝对的瘫痪中复活，他记下他的迷狂，他幽暗的旅程。狼爪的痕迹是变身的证据。他看到了他体内的狼。哪一匹狼？每一次尝试都生成一匹狼。无数重影围绕着他。群狼。分裂的书写。

死了一千次的身体。被重写了一千次的身体。无器官的身体。

受困于城市的狼。异邦的狼。继续游牧。继续嚎叫。用他嘶哑的小舌（luette）。结结巴巴。狼人的语言。颤动的浮沉子（ludion）。他口吃地说。激情地说。他说激情。他说爱。“我激情激情地爱你”（Je t'aime passio passionnément）。

“既然这世上不再有诗人的位置。”不再有狼人的位置。他不得不消失。秘密地。带着他的奇想，他的忧郁，他的决心。没有可以回归的丛林。狼生成为鱼。追随保罗·策兰。在同一个地方。塞纳河。世界的终结。

——让我们阅读狼人。

——辨识狼的踪迹，狼的抓痕。

——生成之流（flux）。

——为了辨识，你得趁着微光（lueur）。

——昏暗的阅读。

——几乎盲目。

——我们总已读过（lu）。

——谁?

——他(lui)。

——它(lui)。

——卢卡。

——绝对的(absolu)狼。

版贸核渝字（2019）第 109 号

图书在版编目（CIP）数据

爱情发明家 /（法）盖拉西姆·卢卡著；尉光吉译
. — 南宁：广西人民出版社，2021.5
（文学·异托邦）
ISBN 978-7-219-11163-5

Ⅰ. ①爱… Ⅱ. ①盖…②尉… Ⅲ. ①诗集—法国—现代 Ⅳ. ①I565.25

中国版本图书馆CIP数据核字（2021）第042529号

拜德雅·文学·异托邦

爱情发明家

AIQING FAMINGJIA

［法］盖拉西姆·卢卡 著
尉光吉 译

特约策划 任绪军 邹 荣 特约编辑 任绪军
执行策划 吴小龙 责任编辑 许晓琰
责任校对 唐柳娜 书籍设计 陈靖山（山林意造）

出版发行 广西人民出版社
社 址 广西南宁市桂春路 6 号
邮 编 530021
印 刷 广西民族印刷包装集团有限公司
开 本 1092mm×787mm 1/32
印 张 4.75
字 数 67 千
版 次 2021 年 5 月 第 1 版
印 次 2021 年 5 月 第 1 次印刷
书 号 ISBN 978-7-219-11163-5
定 价 38.00 元